Baldeação

Contos

LUIZ MAURICIO AZEVEDO

BALDEAÇÃO

CONTOS

:cultura

ISBN: 978-65-5748-041-0

EDITORA DE CULTURA
Rua Baceúnas, 180
CEP 03127-060 – São Paulo – SP – Brasil
Fone: 55 (11) 2894-5100
atendimento@editoradecultura.com.br
www.editoradecultura.com.br

Primeira edição: junho de 2023
Impressão: 5ª 4ª 3ª 2ª 1ª
Ano: 27 26 25 24 23

CIP-BRASIL. CATALOGAÇÃO NA PUBLICAÇÃO
SINDICATO NACIONAL DOS EDITORES DE LIVROS, RJ
Gabriela Faray Ferreira Lopes – CRB-7/6643

A987b

Azevedo, Luiz Mauricio, 1980-
Baldeação / Luiz Mauricio Azevedo. - 1. ed. - São Paulo : Cultura, 2023.
80 p. ; 21 cm.

ISBN 978-65-5748-041-0

1. Contos brasileiros. I. Título.

CDD: 869.3
CDU: 82-34(81)

Para Fernanda, o tempo todo.

Considerando que o mundo se encaminha
para um estado insano de coisas, devemos,
também nós, tomar um rumo insano.
Afinal, mais vale perecer pelos extremos
do que pelas extremidades.

Jean Baudrillard

Nota

Enriquecendo o idioma brasileiro. Este livro contém palavras e expressões típicas do chamado dialeto gauchês, de uso no Rio Grande do Sul, em parte de Santa Catarina, Paraná e outras regiões para onde os ativos gaúchos levam suas iniciativas empreendedoras, famílias e tradições. Seu autor, um especialista em literatura brasileira, é pós-doutorado e professor convidado da Universidade Federal do Rio Grande do Sul (UFRGS). Nos contos de ***Baldeação***, figuram personagens gaúchos, com suas falas características: pronome na segunda pessoa e verbo na terceira do singular ("tu pega"), por exemplo; ou "tu queis" em vez de "tu queres", "tu tais" por "tu estás"... Não são muitas as ocorrências e praticamente todas dispensam tradução para entendimento dos brasileiros de outras regiões. Por isso mesmo, optamos por não colocar grifo ou itálico no texto, pois o gauchês é brasileiro, e não estrangeiro. Ele está diversificando e ampliando a língua viva.

O importante é saber que o autor adota a oralidade como estilo, salvo exceções, e não economiza ironia ou sarcasmo ao explorar a mentalidade dos universitários de classe média de São Paulo, que posam de intelectuais, citando mestres, museus de Paris ou usam o "todes", neutro inexistente no português, para contentar pessoas que não se identificam nem com o gênero masculino nem com o feminino. Tais recursos podem fazer rir, mas há pouca felicidade nas vidas contadas por Luiz Mauricio Azevedo, um autor de peso na moderna literatura brasileira.

Helena Maria Alves
Mirian Paglia Costa
Editoras

Sumário

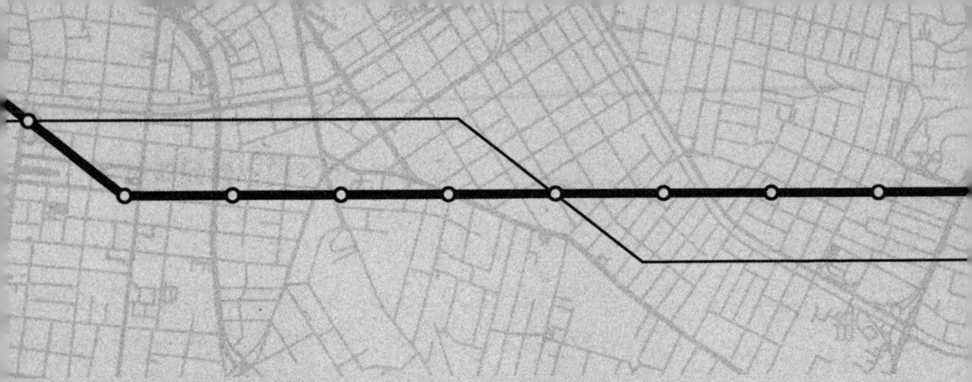

1

Encruzilhadas

Eles entraram no shopping ainda pela manhã.

Na lista: reparar o casaco verde, retirar dinheiro, pagar a conta de luz, comprar uma calça branca para a apresentação de fim de ano do filho menor (na escola que eles mal conseguiam pagar) e tomar café com uma fatia magra de bolo de manteiga suja e açúcar velho.

Depois de tudo, procuraram uma escada rolante para descer.

Não acharam.

Tentaram o elevador.

Tudo subia. E eles subiam o tempo todo, sem parar. Não havia escadas convencionais.

Riram da situação. Zanzavam pelo shopping achando divertida a falta de orientação e o fato de não conseguirem retornar aos andares de baixo. Um guarda então os interpelou:

"Posso ajudá-los?"

Eles explicaram a coisa toda entre gaiteadas e trocadilhos. Era mesmo caso para rir. A família, que tanto conhecia o local, que tanto vivia a descer, agora não conseguia encontrar sequer um ponto de retorno. Sentiam-se condenados a subir, como se a maré favorável lhes fosse uma punição. Mas as pessoas se zangam muito rápido com quem ri. E brigam. E batem.

A mulher revidou.

O marido gritou firme.

E a criança, chinelo azul e camisa do Flamengo, começou a chorar.

Correram para o estacionamento, sob a ordem dos fatos. Ali, gravaram um vídeo explicando o que havia acontecido. Com as imagens, as lideranças poderiam finalmente cuidar do futuro. Durante décadas, tinham vivido dentro de mal-entendidos e situações constrangedoras sem desfecho. Agora, seria diferente. Agora, os líderes tinham provas nítidas do horror. O esclarecimento triunfaria. Aquele era o testemunho que esmagaria os racistas. E chegaria quente às mãos dos que nos representam, porque os que nos representam, eles pensavam, são justos como Xangô e sábios como Oxalá.

A família estava na borda.

Não era o último andar, mas era alto. E pularam os três. Mãos dadas no céu escuro. E, enquanto caíam, sabiam que tinham tomado a decisão correta. O sacrifício, afinal, é sempre de sangue.

Numa fração de proa, antes de as artérias explodirem em compasso, eles olharam uns para os outros e se viram divinos.

2

Anatomia

Ele me disse que eu não podia ter filho, porque meu útero era seco.

Não se diz isso pra uma mulher. Não se diz isso nem pra um cachorro sarnento. Eu fui na garagem, peguei as coisas de trabalho dele. Isso tudo de madrugada. Fiz ali no chão mesmo. Juntei água, cimento. E fui me preenchendo com uma seringa. Ardeu muito, mas, quando terminei, consegui me arrastar até o quarto pra acordar ele, para me levar pro hospital. Falei assim ó:

"Agora tu tá certo. Concretei tudo aqui. Tô sequinha, sequinha."

Ele não falou nada. Homem mata falando, mas. quando a gente morre, homem perde a voz.

3

Retaliação

"Durante os anos de 2027 e 2031, realizei estudos de doutorado em Antropologia, no programa de pós-graduação da então recém-criada Universidade de Estudos Culturais do Estado de São Paulo. Em abril de 2031, defendi tese sobre a vida cultural das mulheres negras no Brasil. Dentre racionalizações duvidosas, recuperações bibliográficas e aquele tradicional blá-blá-blá disfarçado de demonstração pública de erudição, passou despercebido para muitos meu precioso material de anexo. Felizmente, há alguns meses, meu editor, Souza Paes Neto, reconheceu neles certo valor estético e me propôs publicação. Concordamos que o melhor a fazer era publicar somente os depoimentos de mulheres negras, de diferentes idades e origens. Algumas delas preferiram escrever seus testemunhos em primeira pessoa, outras em terceira, como se fosse uma ficção. Respeitei suas vontades. Afinal, meu trabalho sempre foi pautado pela tentativa de interferir o mínimo possível nas comunidades que eu analisava. Reconheço, é claro, minha condição de privilegiada. Incluí apenas um pequeno glossário, destinado a esclarecer certas palavras obscuras do depoimento de uma das entrevistadas. Intervenção pontual e mínima, como podem ver. Creio que esta constitui, de longe, a mais importante característica de uma antropóloga séria (na hipótese otimista de haver, ainda, antropólogas sérias), mas não quero chatear quem quer que seja

com lamúrias e picuinhas passageiras. Infelizmente, nenhuma das mulheres negras que contribuíram com essa publicação pôde estar aqui nesta noite e receber este prêmio lindo, tão alta distinção literária, que enche de alegria qualquer pessoa que entenda um pouco de cultura neste nosso país em que a cultura anda tão massacrada. Fica aqui o registro das mulheres negras que foram apagadas pelo machismo estrutural. Não vou citá-las nominalmente, porque acredito que a minha presença neste palco já é uma vitória para elas. Muito obrigada a todes!"

4 Incolor

“Eu sinto que no Brasil”, ele me disse, com os olhos lá embaixo e a máscara no queixo, “os negros não têm direito a escrever literatura. Eles podem escrever testemunho, relato de escravidão, essas coisas. Os relatos de escravidão, aliás, são a literatura predileta do progressismo branco. A gente é meio que transformado em máquina para contar a história que eles querem. Tipo: ‘conte aí como você vive, negão. Me dá um soco no estômago bem dado. Você nunca foi ao D’Orsay? Curvo-me a sua legitimidade antropológica. Você nunca leu Joyce? Melhor assim. A literatura que conta é a oral. E os críticos não passam de charlatões do fascismo letrado. A literatura é uma forte arma de conformismo para nós, classe média, que já foi chamada pela Chauí de aberração. Isso a outra classe média, a que vota em Aécio Neves. Não a nossa, que vota no PT. Quer dizer, há camadas, né? É preciso entender a *realpolitik*. Nada é preto no branco.’ Aí, o sujeito branco fala um monte de coisa lá, que o Gilberto Freyre tem um ensaio, em que ele justamente defende essa posição. Cara, isso é o tipo de troço que eu ouvia todo dia quando eu era um escritor negro. É difícil, olha, é muito difícil a vida de um escritor negro. Ele precisa a todo instante provar que é alfabetizado. Ele precisa se convencer de que, dentre todas as artes, é a literatura que vai dar a ele a realização midiática de que precisa. E as pessoas contam com ele para o combate dos males

que as afligem. É muita coisa. Ah, e tem a questão financeira, porque os autores negros são pobres e pobres precisam de dinheiro o tempo todo. E, porque precisam de dinheiro, aceitam qualquer coisa, inclusive aquilo que destrói a legitimidade antropológica de suas literaturas. É complicado o cara ser assim, digamos, um autor negro. Aliás, nem gosto dessa junção de palavras, porque vejo com uma desconfiança, sabe, quando os caras vêm dizendo o que a gente é. Não gosto de rótulos. Quem me define me limita. Eu sou livre. Sei dessas coisas todas porque já fui um, tá, *autor negro*. Hoje em dia, prefiro evitar. Quando alguém me pergunta o que faço, respondo correndo: 'simplesmente vivo'. A melhor maneira de se livrar do racismo dos outros é minando o sistema deles por dentro, tipo um cupim. Agora, que sou um autor sem cor, sem adjetivos e complementos, posso andar por aí sem ser importunado pela polícia ou por algum síndico entediado durante um passeio pela vizinhança. Posso ser financiado por um banco, bem bonito e grande, e ver meu rosto torto em alguma exposição sobre minha vida de negro, aquela da qual me livrei ao me tornar um autor sem cor. Aliás, foi muito boa a minha decisão de não ter cor. Ela me permitiu escrever romances de vários temas e participar de mesas sortidas nos eventos literários. Foi através dessa mudança corajosa que eu pude melhorar também a minha vida amorosa. Nada de politizar o afeto. Coração não é urna, saca? O ser humano precisa tomar uma decisão na vida, não pode ficar à mercê de ideologias que oprimem o indivíduo. A literatura não combina com regras. Aliás, nenhuma arte combina, né? Arte é liberdade total. O artista é, antes de tudo, um cara sem amarras. Se não for assim, o que ele será? Um escravo? Ainda ontem, ouvi de um escritor, desses que fazem livro panfletário, que a literatura é uma forma de mudar

o mundo. Isso não é literatura. Não é assim que se faz literatura, pô. Acho que isso é até uma forma de aprisionar o escritor negro, percebe? Esses dias, me convidaram para falar numa aula de literatura. Eu só faço essas coisas se forem remuneradas, porque não trabalho de graça. Quando chamam, eu já mando a minha agente dizer que tem que ter grana. Bom, fizeram o *Pix*. Baixei os programas que eles disseram para baixar, apareci lá na hora, tudo certinho, daí eles começaram a ler uns trechos de outros livros além do meu. Olha, eu até gostava de falar sobre a literatura dos outros quando eu era um autor negro, mas agora, que deixei de ser um, não vejo sentido em ficar falando de livro alheio. Eu quero falar de mim. Foram mais de quatro séculos de escravidão falando do outro, agora é a minha vez, entende? Nunca tive muita paciência para essa coisa de universidade. Eu sou tipo um Picasso. O Picasso estudou em faculdade? Não, o cara nasceu com aquilo já dentro dele. Eu gosto muito de uma frase, me escapou agora o nome do cara que disse, mas é mais ou menos assim: 'Não dá pra mudar o teu começo, mas dá para mudar o teu fim'. É isso que eu vou fazendo. Tudo bem que eu comecei como autor negro, mas isso foi lá atrás, quando eu nem tinha onde publicar. Agora, eu sou mais eu. É até ignorância das pessoas achar que eu ia ficar para sempre parado, feito água de poço. Claro que eu ia me mexer. Eu não sou uma coisa. Inclusive, o Gilberto Freyre tem um ensaio em que ele defende justamente isso."

5 Urso em silêncio

Fazer arte é fácil. Difícil é vender.

Vejamos: em uma galeria ali na Avenida Estados Unidos, uma consultora de arte (que na verdade se formou em Jornalismo, lá em mil novecentos e bolinha) procurava salvar o mês negociando um quadro. O pintor era um desconhecido francês chamado Jean-Baptiste Tallaeur. A única referência conhecida é que ele faria parte da missão cultural francesa no Brasil, não fosse o fato de que, na semana da partida, contraiu rubéola e acabou internado a contragosto. Quando finalmente foi liberado, o governo português não tinha o menor interesse em sua vinda. A Coroa mandara uma carta avisando que o número de pintores presentes no território brasileiro era "bem além do suficiente" para dar conta da tarefa de pintar o Novo Mundo. Jean-Baptiste caiu em depressão profunda, abandonou a pintura e passou a viver de pequenos trabalhos com ferro. Uma noite, em uma taverna, discutiu com um inglês sobre o futuro dos reinos da Europa. Defendera, de forma áspera, que Portugal teria um destino mais primoroso que o Reino Unido. O sujeito desferiu-lhe um golpe de adaga no pescoço. Tallaeur morreu na hora.

Era essa a história que Helena contava para potenciais compradores homens. Para as mulheres, ela comentava sobre o quadro em si, não sobre o pintor. Dizia que *Urso em silêncio* era a obra precursora do Impressionismo, e que tinha não apenas "revolucionado

a história da pintura moderna" (ela dizia levantando as sobrancelhas), como também "construído a mais tocante e sensível obra que a pintura daquele período produziu".

O preço era, contudo, um complicador. A galeria havia adquirido o quadro por 12 mil dólares, de um colecionador argentino, em 1986. A restauração custou outros 2 mil dólares (a pintura tinha fungos no canto esquerdo e danos na moldura). Assim, um negócio por menos de 17 mil estaria fora de questão.

Essa pintura se mostrou um desafio desde que Helena herdou a direção da galeria de Dona Sarah, que uma tarde a chamou no escritório e disse que precisava se ausentar por um tempo. Em princípio, ela ia cuidar de uma dor nas costas que a acompanhava desde que seu marido morrera, quatro meses antes. É claro que o que se seguiu foi a descoberta de um câncer de pulmão com metástases ósseas. Dor nas costas, em velho, é sempre câncer. As pessoas diziam que a Dona Sarah estava lutando contra a doença, mas qualquer um que fosse à casa dela naquele período e visse os nove medicamentos do criado-mudo e os doze quilos perdidos em trinta e um dias saberia que o câncer não é, nem de longe, uma luta. O câncer é o demônio cuspindo lama na cara da gente.

Depois da leitura do inventário, foi acertado que os dois filhos ficariam com os apartamentos e com a editora, mas que a galeria seria passada para o controle dos funcionários. "Era um desejo antigo de minha mãe retribuir aqueles que a ajudaram a construir isso aqui. E eu vou atender. Vou cumprir o que ela queria, a mamãe. Se ela queria, será honrado."

Foi assim que falou o mais velho, Arnaldo, que é médico. Houve uma pequena eleição entre os oito funcionários da galeria, para saber quem ficaria no comando. Helena acabou sendo a segunda

mais votada como gerente, mas Rebeca, a vencedora do processo, decidiu ir para Israel, onde o noivo acabara de aceitar um convite para assumir a disciplina de Aspectos Elementares do Artefato Estético, na Faculdade de Filosofia da Universidade de Tel-Aviv. Logo nos primeiros dias como gerente, Helena enfrentou um problema incomum: uma de suas atendentes e um motoboy que prestava serviços à galeria foram flagrados fazendo sexo na área de restauração dos quadros. A história nunca teria tido maiores desdobramentos. A Helena, jamais agradara qualquer movimento regulador do comportamento alheio, muito menos o cerceamento das liberdades de uma menina que, aos dezenove anos, cedera às pulsões e aos jogos eróticos típicos da idade. Contudo, dias depois da gravação do vídeo, o motoboy postou o conteúdo no site xvideos.com, sob o nome *fazendo.arte.com.a.patricinha.*

Foi expedida uma ordem de bloqueio do vídeo, mas nada pôde refazer os danos de um veneno veloz. As imagens estavam em todo lugar. Helena, temendo prejuízos à galeria, organizou um ciclo de palestras. Em um mês, trouxe três advogadas para debater direito de imagem na era atual; no mês seguinte, trouxe dois professores da FFLCH e uma historiadora da Unicamp para falar de machismo e da cultura do abuso aos corpos femininos. No terceiro evento de sua série, havia tanta gente na galeria que foi necessário organizar uma transmissão por *streaming*. Cento e duas mil pessoas assistiram à fala da escritora Susan Lepruy, professora visitante da Open University, aquela faculdade bacana de Londres, mas o ponto alto foi, sem dúvida, a presença da própria vítima do vazamento, que fez questão de exibir à plateia atenta 02 minutos e 31 segundos do vídeo vazado. Quando as luzes acenderam, ela se levantou e disse: "Eu andava triste nesses últimos tempos, mas agora não vou mais pedir

desculpas por ter feito o que fiz. Sou uma mulher. Não tenho que pedir desculpas por isso. Eu não me arrependo. E não vou sofrer. Não vou pedir desculpas quando o que quero pedir é respeito."

Recebeu muitos cumprimentos.

Dias depois, uma agência publicitária especializada em reposicionamento de marcas procurou Helena, querendo licenciamento para a venda de camisetas com *frames* do vídeo em que a galeria aparecia. Eles criaram também uma campanha chamada "repintando o passado", na qual Jean-Baptiste Tallaeur era apresentado como um dos "pioneiros da causa *gay*". *Urso em silêncio* foi vendido por 70 mil dólares para uma empresa de segurança privada que, meses antes, havia sido acusada de acobertar o espancamento de um casal *gay* no banheiro de um *free shop* uruguaio.

6

Legado

Eu nunca tinha conhecido um anão. Tinha ouvido falar e sabia que eles viviam na Vila da Quinta. Mas eu tinha dez anos. E, quando você tem dez anos, não pode ir à Vila da Quinta. Meu pai disse uma vez que os anões não eram violentos, mas que eram lerdos de cabeça. Serviam para ajudar na lida. Serviam para nanar as crianças. Mas não serviam para coisas muito maiores que essas. Um anão nunca salvaria o Brasil, por exemplo. A gente convivia bem com eles. Mas, daí, o pai quis pescar. E nos levou junto. Tava sol. Era pra ter ficado até domingo, mas a gente voltou no sábado, porque o pai queria fazer uma surpresa pra mãe. Era de tardezinha. A gente entrou pelos fundos e viu ela, sentada em cima do tanque, o anão apoiado numa escadinha, destruindo nossa família. O pai ficou tão zangado que cortou o anão todo. A mãe chorou muito. Pediu desculpa, mas acabou indo morar com a tia Élida. Naquele dia, a gente comeu churrasco. Eu tive essa educação. Por isso, acho que uma coisa que a pessoa tem que ter é coragem para fazer as coisas, sabe? Não ficar de mimimi. Hoje em dia, é muito isso, muito aquilo. O meu pai, por exemplo: cara simples, mas muito digno. Nunca roubou nada de ninguém. Agora, não se sabe mais o que é certo e o que é errado. É uma inversão de valores. O cara nem sabe mais como vai educar uma criança num mundo desses. Tá louco.

7 Linhagem

A história toda começa com o darwinismo. Isso para você, que é fraco. Para mim, a história começa com a medicina. Isso porque eu sou residente. Isso porque eu sou mamífero. Isso porque eu fiquei em décimo quarto.

Os mais bem colocados no processo de seleção são designados para as unidades maiores. Hospitais das Alas Oeste e Sul. O sistema de saúde daqui é definido pela complexidade das patologias. A saber: na Ala Norte ficam os de nível 1. Na Ala Leste ficam os de nível 2. Você jamais atende um desvio de lateralidade miótica em um hospital desses.

A partir do décimo primeiro colocado, vão todos para a Ala Norte. Você não tem contato com os pacientes bons. Você só tem uma coleção de velhos e de tigres.

É.

Tigres.

Um tigre é uma pessoa que não cuida da saúde. Pode parecer um paradoxo, mas um tigre é o maior pesadelo do médico. O tigre faz o médico parecer um Sísifo, levando a pedra lá em cima para depois assistir à sua rolagem ribanceira abaixo. Estou na frente de um tigre agora. O hálito é uma mistura de enxofre e leite morno. A barba está malfeita, de dois ou três dias, grisalha. Ele tem um chinelo de cada cor. Um branco e um azul. Sua calça jeans tem um

rasgo no meio e ele não usa cueca. Dá para ver parte de um dos testículos. Há pelos. Às vezes, parece um dedão.

Quando você decide se tornar médico, essas coisas não passam pela sua cabeça. Você só pensa em lutar contra a morte, em andar de Toyota, em estar sempre no topo da pirâmide. Quando você pensa na montanha, você nunca se imagina caindo. Mas acontece com muita gente boa. A gente escorrega e cai.

Faltam ainda cento e vinte e três pontos para eu fechar os meus quatrocentos e quarenta exigidos pela residência. Ficar por aqui é o melhor caminho. Aguentar o tigre é a solução. A gente chama eles de tigre porque eles dão trabalho. A gente chama eles de tigre porque um tigre não corta as unhas. A gente chama eles de tigre porque a gente já não pode chamar eles de macaco.

Essas pessoas são bichinhos do mato que a vida me obrigou a tratar como seres humanos. Eles são os meus pontos. E é irônico que eu dependa mais deles agora do que jamais dependerei de qualquer pessoa no mundo. É bem engraçado que, para foder todo mundo depois, eu tenha que agora suturar o senhor Ildeíson Santoro de Carvalho.

"O senhor não se mexa agora."

"Eu não vou querer. Pode ir saindo que eu vou deixar assim. Eu quero deixar assim. Não tem disso não. Já tá bom."

Ele caiu do telhado da casa em cima de um cano de PVC. Fraturou o braço esquerdo, a perna direita e tem um corte moderado nas costas. Preciso higienizar e fazer uma sutura. É uma coisa bem simples, mas nada é simples com os tigres. O sujeito cai de um telhado e tem medo da porcaria da agulha. Gostaria de sedar todo paciente que encontro, mas há limitações éticas.

"Eu vou deixar você costurar, mas eu tô de olho. Tô aqui olhando."

Isso é muito comum nos tigres: eles sempre querem fiscalizar o seu trabalho. A maioria abandonou a escola antes dos nove anos. Mas eles se sentem aptos a fiscalizar o seu trabalho. A maioria não sabe onde fica a clavícula. Mas eles se sentem capazes de observar se você pode ou não gerar uma embolia gordurosa. A melhor parte da medicina é saber que, não importa o que você faça ou quão bom você seja como médico, todo paciente, cedo ou tarde, vai morrer. Essa é a beleza disso. É a isso que eu me agarro.

Aqui é o interior do Acre, antiga comunidade quilombola. Ela sempre existiu, mas, a partir de 2092, com a vitória desses socialistas, foram criadas escolas, hospitais e uma lanchonete *fast food* patrocinada pelo governo. É o mesmo modelo adotado em toda comunidade quilombola do Brasil. Faz sete anos isso, mas, agora, parece que eles vão perder a eleição. Torço para isso. Essa gente dividiu o país. Antes, não tinha esse troço. O racismo, no Brasil, era uma coisa mais social. Quem era pobre é que sofria. Agora, não. Agora, o país tá nessa guerra há quase uma década. Eu sou contra esse troço de beneficiar uma pessoa pela cor da pele. A gente vale pelo que é por dentro. Por dentro, somos todos iguais, mas, na maioria das vezes, são os próprios negros que não se dão ao respeito. Gente, mesmo, aqui tem pouco. Dois mil habitantes. Menos, se você considerar que há muitos negros.

Não sou muito de ler. Mas, no sistema de plantão criado pelo Dr. Farhausen, sou obrigado a ficar muito tempo parado; daí, aprendi a desligar o cérebro, mesmo estando com os olhos abertos.

Diferente do resto do país, o hospital daqui não tem quase demanda. Recentemente, fomos contemplados por um programa do Ministério da Saúde e chegaram vários equipamentos. Temos um

caro sistema de ressonância, tomografia, três radiógrafos, quarenta e um leitos normais, uma UTI adulta e uma pediátrica, além de uma ala para queimados. Não é o perfil do hospital, mas a compra foi orientação desse desgoverno aí que tá no poder. Nunca tivemos um queimado. Nesta parte do país, quando as crianças se queimam, elas são mortas e enterradas pelos pais. Eles acreditam que queimar as crianças é um modo que Deus encontra para mostrar aos homens quais crianças merecem o inferno. Há doze prostitutas na cidade. Todas são nossas pacientes. Doenças crônicas. Nada que mate.

Bom, depois que suturei o tigre, ouvi uma gritaria do lado de fora do ambulatório. Nunca me preocupo com o que acontece do lado de fora. Quando estava lavando as mãos, senti uma pancada na cabeça. Acordei amarrado numa das macas. Havia uns doze macacos ao meu redor. O maior deles me disse, segurando uma pistola:

"Você, doutor, deveria ser como a gente. Você deveria sonhar com um mundo preto, um céu preto, uma coisa bonita de negro mesmo. Mas não. Você é uma vergonha. Você ficou lendo esses livros e deixou que eles dissessem a você o que você é. E eles disseram. Disseram tanto que você acreditou. E repetiu. Eu vou dizer uma coisa, isso tudo tá doendo mais em mim, porque você, ah, doutor, você é um irmão nosso. Eu não duvido que, em algum momento, lá pra trás, a gente não tenha sido parente. Imaginou? Um irmão? Sei lá. Uma mãe que se envolveu com um avô? Vai saber... Você tem o nariz, a cor, o jeito. Você já percebeu o seu olho? Já viu que seus olhos são achatados e longos? Isso é olho de crioulo, doutor. Você é crioulo. Percebia como a menina de Goiás grudava em você? Isso é o que elas fazem quando tão com a gente. Olha, vou te contar, que decepção. Que dor é pra mim estar

aqui agora. Parece que eu parei num espelho que perdeu a prata do fundo. O que você queria, afinal? Quanto tempo achou que ia durar? Quanto tempo achou que ia ser tratado como um deles? Uma hora, a tinta cai. A cal não dura muita coisa. Uma hora, o pó descola da cara e o preto aparece."

Ele dizia essas coisas com as pupilas dilatadas de toda sorte de sujeira que tinha injetado naquele depósito de lixo que ele chamava de corpo. Os outros macacos se revezavam me dando socos na barriga. Imaginei Jesus Cristo com sua coroa de espinhos. Imaginei-me finalmente como eu era: um herói. Achei que fosse desmaiar.

A um gesto de mão, todos deixaram a sala, porque o famoso Mindu ordenara. Seríamos eu e ele. Era como apagar a luz e te deixar com Mefistófeles. Ou com uma abelha. Mindu tinha dezoito anos e só sabia fazer duas coisas: mandar e matar. Ele fora trazido para cá por conta de um inexplicável ato de miopia do Farhausen, um homem burro, cuja bondade renitente fez de todos nós vítimas do monstrinho sarará da cracolândia.

"Primeiro, a gente vai fazer contigo tudo que a gente fez com ela. Não é o que vocês pediam? Como é? Igualdade de gênero. Não, não. Eu disse errado. Mas que merda, eu não aprendo mesmo? O que há com você, Sebastião? É igualdade entre os gêneros. En-tre. Que palavrinha que muda tudo, né? Então, não quero me perder. O que a gente fez com ela a gente vai fazer contigo. É como se dizia em Minas: pau que bate em Chico bate em Francisco, né não? Eu queria rir agora, mas parece que não tenho companhia. Vamos fazer o seguinte, doutor: eu vou deixar essa seringa aqui. Ela tá cheinha de remédio. Remédio pra matar. É só injetar. Se, quando eu calhar de voltar, o doutor tiver vivo, eu vou dar o tratamento

que se deve. Não vai sobrar nada em ti que não seja dor. Eu vou dar uma refeição pro doutor comer, porque saco vazio não para em pé. Eu tomei a liberdade, veja só, eu também tenho delicadeza, também sei falar como se deve, de mandar preparar uma comida toda especial pro senhor. É um arrozinho todo do bom. Tem orégano, tem micuim, pimentinha e cebolinha picada, pra ligar as válvulas. Mas o principal é o fígado. Eu sei que quem é estudado não gosta de comer gente, mas tem que experimentar de tudo um pouco. Cumé aquele livro grande que tinha lá na cabana do saber? O cru e o cozido. Gozado pra caramba. Você vai comer os dois. Sem tristeza, sem tristeza. É do jogo. Fígado faz bem pros rim. E, quando você comer a carne da doutora, vai se sentir agradecido. Eu sou da paz, aprendi muito nesse tempo aqui com vocês. É por isso que eu tenho que dar essa opção. Ser democrático. Democrático é ter opção, né? O senhor tem a opção. Ou faz a morte chegar ou espera por ela. Se ela perceber por que o senhor chamou, eu não vou fazer nada, porque o que tá feito não precisa de dono. Mas se não... daí, eu vou ter que botar minha mão na massa. A doutora comeu as tripa do senhorzão. O doutor vai comer as tripa dela. E a gente vai comer as do senhor. Fica tudo certo. Tudo fechado. Agora, tá contigo. O remédio tá aqui. Eu digo por mim, com sinceridade, pro senhor usar. Eu recomendo enfaticamente que o senhor morra. Não é assim que se diz? Não é assim que se pede com delicadeza?"

Fiquei olhando a seringa cheia. Passei a língua na boca e senti os dentes quebrados. Quatro, na minha conta. Nem todo preto é como eu sou. Tem uns que nascem doentes. Tem uns que não têm a parte boa por dentro. Coloquei a agulha junto à pele e injetei demoradamente o líquido branco. Não tinha ideia do que era. Eu

tava deixando o Brasil pra sempre. Todo o esforço tinha sido em vão. Minha civilidade, meu cinismo, tudo perdido. Eu tinha sido um erro, eu via agora. Crescera absolutamente perdido dentro de um corpo escuro. Como sofri. Tentara, durante todo o tempo, me livrar do destino da raça. E o que levei em troca? Barbárie e violência. Era assim, afinal, eu pensei. Era assim que os negros tratavam outro negro que tinha dado certo.

8 Kleyber

Eu tinha pesadelos com empregadas grávidas e esperanças interrompidas. Nesses sonhos, crianças imensas vinham com suas mães, lado a lado, de mãos dadas, cortar minha cabeça. Elas me diziam: "Papai, você me fez errado. Me conserta, papai". E, sem querer, cortavam o meu pescoço. As mães lamentavam e falavam com os filhos de um jeito lento: "Bebê cortou cabeça de papai? Cadê cabeça de papai agora? Tá no chão? Nenê cortou, foi?". Isso para vocês verem como eu não era uma pessoa assim politicamente correta, né? Isso, é claro, ficou para trás. Por quê? Porque eu mudei o meu *mindset*. Eu me reprogramei para ser aquilo que eu queria realmente ser. Eu disse um sonoro não àquela pessoa que mais me prejudicou no passado: eu mesmo. Então, o que eu tô pedindo para vocês aqui não é algo maior do que aquilo que eu próprio já fiz. Alguém podia dizer: "Ah, mas, para o Kleyber, é mais fácil, ele tem um monte de empresas, ele tem estrutura." Sim, meu amigo, mas eu comecei com uma empresa só. Eu comecei como você: do zero. E eu tô aqui hoje para contar pra você o caminho das pedras, assim como um dia contaram pra mim. E olha que engraçado: muita gente acha que, ao dizer o caminho das pedras para outra pessoa, a gente tá cometendo um erro, porque daí todo mundo vai ficar bem de vida e tal. Isso não é verdade. Sabe por que isso não é verdade, meu amigo? Porque nem todo mundo tem for-

ça de vontade. Não adianta saber qual é o caminho das pedras. O cara tem que estar disposto a andar sobre ele. E eu vou dizer, ele é longo. Ele é grande. Ele é cheio de pedras. É por isso que se chama caminho das pedras. O empresário mequetrefe, aquele empresário que não nasceu com sangue nos olhos, ele não entende isso. Ele acha que é uma questão de ter o mapa na mão. Amigo, mapa não é tesouro. Você tem que ir até lá buscar o ouro escondido na gruta cheia de bicho, jacaré, galeria inundada, piranha. Eu sempre dizia para a minha mulher: "Ah, você não me apoia". Até que um dia eu percebi que, se ela não me apoiava, é porque eu não merecia apoio mesmo. Por que alguém vai apoiar um perdedor que tá sempre pedindo apoio? Uma dica: apoio, parceiro, apoio a gente não pede. Apoio a gente conquista. Eu vou ajudar você, mas quem vai mudar a sua vida, quem vai realmente fazer a mágica acontecer é uma pessoa que você conhece muito melhor que eu: você mesmo. Eu aqui sou só o atravessador. Eu lhe vendo para você. E, olha, você pode até não saber disso, porque a gente é ensinado a não acreditar no potencial que tem, mas você vale muito. Você custa caro!

9 República

Em 15 de abril, poucos meses após vencer a eleição, o Partido Liberal do Brasil enviou ao Congresso a Proposta de Emenda Constitucional 412. Chamada de "Lei da Adoção Adulta" – a iniciativa dessa PEC foi duramente criticada por inúmeros intelectuais negros. Contudo, a maioria das instituições de combate ao racismo, a APCE, a CPN, a MENO e também a Reunião da Boa Cor, posicionou-se de forma ambígua a respeito do tema.

"É a palavra que assusta. Muitos terão a dignidade que nunca tiveram. Não é escravidão, é adoção" ,dizia o filmete dos entusiastas da proposta.

"Adultos não são cães. Negros não são animais. Não aceite a volta da escravidão", retrucavam os contrários.

A aprovação ocorreu em uma sessão conjunta, marcada por confusões, xingamentos e demonstrações públicas de aversão entre os parlamentares. Duas semanas mais tarde, após uma reunião entre os representantes dos três poderes, foi acatada a sugestão para o chamamento de um referendo popular. O horário político de rádio, TV e mídias eletrônicas começou no dia 17 de setembro. Durante 40 minutos, por dois meses, todas as mídias reproduziam a propaganda dos dois lados. Atores desconhecidos davam depoimentos contrários à medida. Especialistas falavam em escolher sem paixões. Tanto os apoiadores do sim quanto os do

não escolheram garotos-propaganda negros para suas campanhas. Analistas imaginavam um resultado apertado, mas, nas urnas, o resultado foi avassalador. 72% da população brasileira apoiaram a medida. E dois meses depois de aprovada a lei, a justiça brasileira já havia autorizado a adoção de 559 mil homens adultos de cor. Em sua maioria, eles haviam sido adotados mediante pagamento de pequenas quantias às suas famílias de origem. Quando o número de pessoas voluntárias se extinguiu, o governo passou à segunda parte do plano, que era o de adoção compulsória.

A primeira lista tinha apenas usuários de drogas. Eles eram levados a centros de reabilitação especialmente projetados para ressocializar a população de rua. Na prática, eram campos verticais de genocídio.

Foi nessa parte que eu comecei a me foder. Foi nessa parte que começou a sumir tudo o que eu tinha construído. Há muitos tipos de anestesia: a geral, a ráqui, a peridural, a plexo-braquial, por sedação venosa, para bloqueio do nervo periférico, inalação... Bem, muita coisa pode fazer você amortecer. Quando você recebe a geral, o sistema todo desliga. Eu tive que aprender essas coisas para que meu plano funcionasse.

Quando acordei, estava dentro de um carro, em Corumbá. Longe dali, bem longe, em uma rua qualquer de Campinas, meu documento de identidade dormia dentro do bolso da calça puída de um cadáver sem digitais e com o rosto desfigurado.

Meus avós não gostavam que eu fosse na casa deles. Toda vez que a mãe me levava lá, eles trocavam a água da piscina. Um dia, ouvi minha vó dizer para uma empregada: "A gente não sabe o que essa gente tem dentro do corpo. O sangue deles é grosso. Bem grosso. Parece um suco de uva fervido com nove gemas. Nove gemas!".

Faz tanto tempo isso que eu nem devia lembrar. Mas eu lembro. Minha infância foi muito difícil, mas as coisas tinham uma nitidez que hoje me escapa. Antes de dormir, eu rezava para não ser esquecido no orfanato. Fui o último. Tinha nove anos quando me buscaram. Não eram pais perfeitos. Nunca são, eu acho. Mas fizeram sua parte, e eu fiz a minha. Jamais gastei um centavo da herança até precisar realmente do dinheiro. Segui o conselho do meu tio: "Para ser rico todos os dias, é preciso ser rico o tempo todo. Não se pode apenas gastar o dinheiro. Você tem que ter o dinheiro. Com dinheiro, você compra uma nova vida. E nunca se sabe quando a gente vai precisar de uma nova vida".

Um dia, eu vi, num documentário na TV, que vários escravos fugiram para o Canadá, no século XIX. Pois é.

10 Campeão

O último jogo antes das férias. Campeonato de pontos corridos. O vencedor já estava decidido desde a rodada 34. Eles estavam na 39. Nenhum interesse na bola: atacante chutando de bico, zagueiro abandonando centroavante em lançamento, entrando torto no lance, técnico conversando com jornalista sobre os bordéis da cidade. A festa termina mesmo para quem não pôde aproveitar a festa.

Diamante sabia, mas precisava ganhar projeção. Ele havia subido no meio do campeonato, destaque das categorias de base, onde o chamavam de "o novo Ganso", mas nunca se firmara na equipe. Queria vingar. Pegou a bola no lado direito, levantou a cabeça, driblou meio mundo, costurou pelo meio, cortou para a esquerda, bateu cruzado no ângulo. Saiu correndo, procurando a câmera de transmissão. Quando finalmente a encontrou, murmurou vazio:

"É brabo, cara. É brabo!"

Queria agradecer aos pais. Queria homenagear a irmã, morta dois anos antes, em um acidente de moto. Queria fazer gesto louvando Oxum. Não conseguiu. A boca soltou o que estivera em sua cabeça nos últimos dias. E o rosto suado, a careca fumegante e a

dicção difícil viralizaram nas redes. Uma concessionária o convidou para uma campanha publicitária. Quatro programas de televisão o chamaram para participações de bancada. Vários elogiaram seu carisma e humildade.

No ano seguinte, seu time foi rebaixado. E ele hoje mora em São José do Norte, onde ajuda o irmão em uma plantação de cebola.

11

Samba

Coisa de guerreiro. Coisa de

guerreiro. Coisa de guerreiro. Coisa de

guerreiro. Coisa de guerreiro. Coisa de guerreiro. Coisa de guerreiro. Coisa de guerreiro. Coisa de guerreiro. Coisa de guerreiro. Coisa de guerreiro. Coisa de guerreiro. Coisa de guerreiro. Coisa de guerreiro.

Uma raça inferior.

Filhos de Caim.

Bestiais.

Coisa de escravo. Coisa de escravo.

Economicamente inviáveis.

É preciso pensar em uma reparação aos barões.

Vamos clarear a Terra!

Coisa de preto. Coisa de preto.

Coisa de preto. Coisa de preto.

Foi um deslize lamentável.

Olha, eu trabalho com ele há tanto tempo e posso afirmar que ele não é racista.

É uma coisa estrutural.

Coisa de militante. Coisa de militante.

Coisa de militante. Coisa de militante.

Sou um artista e não um artista negro.

A gente não pode se limitar a uma cor.

Eu enriquecendo, a classe negra enriquece junto!

Coisa de escravo. Coisa

de escravo. Coisa de escravo.

12 Romeu e eu

O padre Caberneccio elogiou o bacalhau com batatas, a toalha da mesa, a qualidade dos talheres e a organização do quarto de banho. Sua barba era cheia e seu ventre... amistoso.

– Ele é o próprio Jesus encarnado. Olha bem. Vê se o padre não parece o nosso senhor Jesus Cristo, Evânia.

– Que pecado. É blasfêmia isso, guria – respondia Deocleciana, a figura ponderada da casa.

Eu era o rei da casa, mas, quando o padre aparecia, eu perdia o reinado. Um acidente vitimou meus pais e meu irmão quando eles iam para Pelotas. Minhas tias tentavam colocar um imenso bandeide em mim, feito de coisas com açúcar, presentes e idas à Igreja do Carmo, para cantar no coral da Dona Síria. Às vezes, eu acho que deu certo. Noutras, vou para o quintal, dar socos na figueira. Sei que não é isso, mas tenho a sensação de que a minha família está viajando sem mim. É como se eles estivessem em uma espécie de festa fechada, para a qual eu não fui convidado. Aquela era uma viagem de rotina. Vez em quando, eles iam a Pelotas para comprar roupas na Krause ou fazer algum evento na Católica. Minha mãe deu aula lá uma época. Meu pai era aposentado do Banco do Brasil. O motorista da Scania disse que foi

desviar de um motoqueiro que andava em ziguezague na pista. Nunca se achou o tal cara. Não faria grande diferença. Esses dias, eu soube, por acaso, que o caminhoneiro acabou morrendo no mesmo ano, em outro acidente, ali em Jaguarão. Minhas tias me esconderam esse fato.

A última vez que o padre almoçou lá em casa foi em 10 de outubro de 1989. Logo depois, ele cancelou as visitas. Primeiro, disseram que ele estava acamado, com uma forte gripe. Depois, mandaram dizer que a gripe era, na verdade, hepatite B, e que ele ficaria três semanas em repouso. No fim de dois meses, começaram os boatos. Diziam que o padre havia sido visto levando compras de supermercado para prostitutas que moravam na Vila da Quinta. Um taxista chegou a garantir que o conduzira, junto com um rapazote, ao Motel da Lagoa. E acrescentou: "Eles nem sequer esperaram chegar ao motel para começar a saliência nojenta".

Alguém escreveu uma carta ao Bispo D. José Stein, jamais respondida, pedindo providências imediatas contra o que chamou de "rendição do reino de Pedro".

O tempo de neblina foi finalmente interrompido quando Caberneccio se internou no Hospital Universitário. Em uma ala de acesso restrito, o padre enfrentou quarenta e três dias de frio, culpa e danação até finalmente morrer, no dia da festa de Nossa Senhora do Carmo. Para alguns, foi um sinal de redenção. Para outros, foi mais um escárnio do padre, que zombara da santidade e que traíra a fé do povo. O velório ocorreu em Santa Maria, sua cidade natal. O caixão ficou aberto a maior parte do tempo, exibindo um rosto inchado e amarelado. Os que estavam lá viram

sinais óbvios de Kaposi. Em Rio Grande, foi como se aquele padre jamais tivesse existido. Sua própria vida tomou o aspecto de um boato. Minha tia Evânia gastou sete garrafas de álcool Tubarão desinfetando todos os itens que o padre pudesse, porventura, ter tocado durante as vezes em que fora almoçar naquela casa.

Era uma família muito cristã, a nossa.

13

DR

– Se te serve de consolo, nunca matei ninguém que não tivesse merecido. Mesmo teu pai, tu sabe que ele merecia. Era teu pai e tudo, eu sei, eu entendo, mas, pô, o cara vacilava geral. Neguinho vinha aqui todo dia falar que ele tinha feito isso, que ele tinha feito aquilo. Um dia, a tiazinha lá da ladeira, aquela dos doces com gosto de sabão, falou que ele tinha empurrado ela do ônibus. Agora, tu imagina: empurrar uma velha do ônibus, uma velha que batalha, uma velha que não tá fazendo mal pra ninguém. Pô, teu pai passava dos limites. Se é uma coisa que eu não deixo correr solto é responsabilidade. Aqui, tem que andar na linha. Comigo é tudo às claras.

–

– Não é uma questão de amar ou não amar, Katiúcia.

–

– Se tu não quer entender como o troço funciona, eu é que não vou ficar aqui perdendo saliva pra te explicar. O bagulho vai ser do jeito que eu quero ou não vai ser.

–

– Assim tá melhor. Precisando de alguma coisa, tu fala com o Spike Lee. Ele tem a chave. Vou fazer o percurso. Na madruga, eu volto pra tu. Deus é o patrão!

14

O consolo

Quando meu pai foi pra casa, ninguém sabia o que fazer com ele. Arranjaram uns travesseiros e colocaram em suas costas. Depois, perguntaram se estava bom. O Braga pegou uma TV emprestada, daquelas pequenas, e colocou lá pro pai poder se distrair. Ninguém sabia quanto tempo ele ia durar, mas todo mundo sabia que ele ia morrer. É diferente você conversar com alguém que vai morrer. Porque você de fato não conversa com alguém que vai morrer. Você conversa com alguém que tem que aceitar o fato de que vai morrer. Porque, afinal, morrer, morrer todo mundo vai. Mas aceitar isso é só para quem tem uma doença. E o meu pai tinha essa doença. Começou com uma dor de cabeça leve, que todo mundo achou que era por causa do trabalho dele, horas sob o sol.

Daí. ele foi num clínico geral.

Daí .ele foi num neurologista.

Daí, ele foi num médico de doença ruim.

Eu acho que ele foi em uns oito médicos desde que tudo começou. Quando ninguém sabia o que ele tinha, todo mundo dizia que os médicos não prestavam. Quando os médicos começam a concordar entre eles, ninguém diz mais nada.

O pai tinha cinquenta e um anos quando morreu. Disseram que ele era novo ainda. Quando dizem que alguém é novo ainda é porque não queriam estar no lugar dele. É chato ficar na cama,

ouvindo a mãe rir com esse novo marido. Eu tenho catorze anos. Eu podia pedir para ela me emancipar. Eu arranjava um emprego na venda do seu Ataíde. Podia dormir na casa do Sílvio, no quartinho que ele tem nos fundos. Eu sei que tem rato lá, mas eu passava veneno antes. Tipo um dia antes. Vou ver como fazer isso.

A pior parte da noite é quando ela fala como se estivesse sendo forçada. E eu sei que não tá. Não gosto desse fingimento todo. Ainda assim, mesmo que esse cara tenha outras mulheres na rua, acho que a mãe tá melhor agora. Então, eu tenho que aguentar. Tenho que ser homem.

15

Fechado

Acordara dentro do caixão.

Ele, que tinha dois filhos.

Ele, que tinha ex-mulher.

Ele, que tinha irmão caçula.

Ele, que tinha sido diagnosticado com catalepsia há treze anos.

Ele, o organizado.

Ele, o sobrevivente.

Nada, portanto, a temer. Sabia-se que essa hora chegaria. O roteiro era público. Seria a vitória da prudência e da precaução. Contudo, a combinação de deixar a minilanterna no bolso direito não fora cumprida. E o trato de escolher somente caixões que tivessem destravamento interno não fora honrado. Era impossível sair dali. Muitos, no lugar dele, sucumbiriam ao desespero da evidência incontornável. Outros afundariam no mar de suposições de fuga. Ele não. E simplesmente se ajeitou no caixão, retirando, com esforço, os sapatos. Se não o queriam vivo, tanto melhor. E, fechando os olhos, começou a dormir pesado, como se dorme quando ninguém gosta da gente.

16

Meu fogo antes

Quando o Heiner me perguntou qual negro eu tinha escolhido, mostrei a foto do meu pai.

Ele me deu a pistola e eu, com olho molhado de esperança, falei:

"Pela raça, com a raça e para a raça".

Ele retrucou:

"O negro é seu. Vai lá e limpa."

Quando cheguei na frente da caça, fiz mira certa. E soltei o verbo bem bonito, bem do jeito que treinei:

"Você pode até não saber quem eu sou, mas eu sei quem você é, seu macaco, seu monte de bosta. Gorila filho de uma puta."

Dei dois.

Depois mais dois.

Eu sei que fiz errado. Quer dizer, agora eu sei, né? Naquela época, eu não sabia. Pensava que tava acima de todo mundo, mas ninguém, ouviram?, ninguém tá acima de Nosso Senhor Jesus Cristo.

Amém?

17

Controle automático

Veio de longe. E sem vontade. Parou bem ali, ó, atrás daquela mulher de calça rosa. Nem dava para ver que era bandido.

Ele foi bem na manha, projetou o corpo para a frente, fingiu distração, a barriga roçando antes e as pessoas rindo sem saber.

E empurrava e esfregava e torcia para que acertasse a dose. Todo dia tem isso, mas só porque foi com ela tão fazendo essa quizumba. Aqui é tudo trabalhador. É suor, é *boy*. É a Luz, mano.

Não tem baldeação pro céu, não tem linha vermelha pro paraíso, não. Cê acha que trem de pobre faz translado pra casa do Papai Noel? Tá no sonho, meu. Deixa eu só mandar o papo reto: mina vem fazer evento só pra causar nas redes. Se der BO e tiver que desenrolar com o juiz, vou contar o que eu vi: uma novinha-jardim-américa provocando um ideia-frouxa.

18

Adjunto

"Tenho limitações na fala", ele me disse, puxando do bolso um lenço cinza para secar seu suor de encachaçado.

Eu estava de volta a Rio Grande por conta de um concurso público e caí na bobagem de descer à praça Xavier Ferreira, em frente ao hotel, para respirar ar puro. Alguma coisa em mim sussurra ideias idiotas o tempo inteiro. Durante seis anos, perdi a vida dentro de um cartório, em Porto Alegre. Gastava todo meu salário na Carmen, no Ateliê das Massas e em pizza congelada. A maior parte dos meus amigos gostava da minha vida. Eu não. Como não tinha filhos, fui vivendo da alegria que sentia ao assistir os pais dos outros invejar a minha alegria presumida. Tava dando tudo certo, até o dono do cartório ser preso numa dessas operações da Polícia Federal. No começo, disseram que só a direção ia mudar, mas que a gente ia continuar empregado. Depois, demitiram a Selma, a Cibele, a Débora, o Jamil, o Fábio. Ficou só o Fagundes, a Ana Paula. E eu. Todo dia era reclamação que a gente não tava dando conta e tal. Até que falaram que iam fechar de vez o troço. A gente organizou um protesto com uns cartazes. Mandamos e-mail para vereador, *influencer*, colunista de jornal. Não deu em nada. No dia da demissão, uma quarta-feira, o Flamengo goleou o Grêmio. Pensei em me mudar para Floripa, mas alguém me falou desse concurso para

escrevente judiciário. No começo, rejeitei a ideia. Depois, considerando as coisas que tinham que ser consideradas, resolvi aceitar. Rio Grande me dá nojo, mas a vaga é para a comarca daqui.

"Coisa de um ano atrás, caí em plena Bacelar, perto da agência dos Correios. Uns trombadinhas vieram pegar minha carteira, me deram um safanão, eu tropecei, dei de cabeça no paralelepípedo do cordão da calçada. Abri a cabeça, cara. Catorze pontos. Eu não sei ao certo o motivo, mas as pessoas sempre querem saber se a gente levou ponto quando veem uma cicatriz. Que doença, né? Depois, fazem cara de nojo se eu falo que tive perda de massa encefálica. As pessoas – eu já percebi isso – ficam bem zangadas quando se conta mais do que elas queriam saber. Mas que se dane. Eu não tô aqui para agradar. Passei dos cinquenta e, depois que enterrei a mãe, não vejo nenhuma razão pra obedecer ninguém. Vivo a minha vida sem pedir ajuda, apesar das limitações que falei. Faço tudo sozinho. Às segundas e quartas vou à fisioterapia. Terças e quintas tenho médico de louco, ali no serviço da Faculdade. Toda sexta tem o meu *cooper*. Saio ali do Canalete, pego uma tônica no boteco na frente da Concessionária Touring, sabe? E me vou... Bah, só paro no Trevo. Depois, volto de ônibus, olhando a paisagem. A maioria dos que passam ali vai para a Tamandaré; então, não tenho que esperar muito. Só não gosto de pegar o Parque Marinha. Tem muita rafuagem. Olha, eu não tenho preconceito, essas coisas, por mim, o cara pode nascer com a cor que for, do jeito que for, mas tem que se dar ao respeito. Não pode ouvir música alta naqueles radinhos, incomodando os outros. Não pode botar banca, ter perfume forte, usar corrente, achar que é o dono do mundo. Pra mim, ninguém é dono do mundo. Todo mundo tem seu valor e deu. Mas Rio Grande é cheio de gente assim, né? Parece

mentira, mas quem tava certo era o falecido Álvaro Emílio, o Gordito, que trabalhava no antigo jornal *Agora*. Não sei se tu chegou a conhecer, se era do teu tempo. Ele enchia a boca e falava assim: 'Manabu, essa cidade é um cemitério de intenções. A gente projeta, a gente planeja, a gente tenta... mas aqui é lugar pra naufragar.' É por isso que o Cassino é a maior praia do mundo, para ter bastante espaço pra morrer os sonhos de todo mundo. Parecia até poeta, vai dizer? Era uma cabeça, aquele cara. Vivia com livro embaixo do braço. Culto que só ele. Lia de tudo. Sabia mais que o Paulo Francis e a Lilian Witte Fibe juntos, mas terminou aqui, esquecido. Rio-grandino não morre, cara, rio-grandino some. Aliás, tu sabe que no enterro dele tinha só três pessoas lá? Foi na Capela C, ali da Santa Casa. Tu acredita numa coisa dessa? Só três pessoas pra se despedir de um cara que era um Ruy Barbosa? É muita ignorância, rapaz. Essa cidade aqui tinha que ser concretada. Tinha que apagar do mapa. Isso aqui não deu certo. Tem projeto que fracassa quando sai do papel. Esse aqui fracassou, isso é certo",

"Tenho que ir lá. Tô aqui só para o concurso, mesmo. Se eu passar, a gente se esbarra aí pela cidade."

Enquanto me afastava, pude ouvir ele perguntar:

"Tchê, tu tais em qual hotel? Tais ali no Charrua, que é de rico?"

Não respondi. Não gosto de falar com o meu irmão.

19

Produto indisponível para esse endereço

– Ele tá de chinelo de dedo.

– E daí? Qué que tem?

– Pombas, tu sabe que não pode sair de chinelo de dedo na rua... ainda mais para passear.

– Ele disse que ia na casa da Dinorah antes.

– Então, ele vai voltar pra cá antes de ir pra lá?

– Eu não sei. Só sei que ele me disse que ia na Dinorah pegar o nebulizador pro Maiquel.

– Ah, então ele volta.

Esperaram até onze e meia. Ele apareceu com duas sacolas brancas. Colocou tudo sobre a mesa, sorriso aberto:

– Trouxe dois cachorro-quente, uma faixa-azul e uma minuano.

As crianças soltaram grito de festa.

– Tu foi bater perna de chinelo de dedo, moreno?

– Eu fui. Qué que tem?

– Como qué que tem? Vão achar que a gente é maloqueiro.

– Ah, lá vem tu de novo.

– De chinelo de dedo... e nesse frio.

– Eu não sinto frio nos pés... tô de calça e de casaco, ó: essa jaqueta tem pelego por dentro. Frio não passo.

Ela pegou os talheres, dividiu os lanches. Quando estava sentada, percebeu ter esquecido os copos.

– Deixa que eu pego.

Enquanto ele abria a parte de cima do armário, ela olhava para os dedos dos pés, em contraste grosso com os chinelos brancos. A única maneira de encontrar algo mais preto que ele era procurando na seção de plásticos e embalagens. Na natureza, cães, gatos, bois, árvores e rios eram todos mais claros que ele. Se a noite fosse uma pessoa, ela pensou, seria uma pessoa mais clara que seu marido.

Minutos depois, ao perceber o lanche intacto no prato dela, ele perguntou:

– Ué, não vais comer? Tais pensando na morte da bezerra?

E ela, mãos no queixo:

– Tô atacada do fígado. Bem repugnada mesmo.

Havia coisas que ela não conseguia melhorar. E que mais tarde o matariam.

20 Anistia

Queria te dizer, Diego, que foram inúteis as aulas de *yoga*. Como, aliás, foi igualmente inútil aquele *squash* das quartas-feiras, vendido em papel *couché* colorido como promessa *gourmet* do futebol de fim de semana da ralé (a horda burra que lê Adorno traduzido). Não serviu para o teu pai nada do que diziam que ia servir: viagem para Cancun, previdência privada, tratamento para salvar os molares (seis sessões, 28 mil reais para poder dizer que jamais perdera nenhum dos dentes).

Fiquei de te falar isso ainda naquele dia, mas, na confusão, acabei deixando passar.

Tua vó, a finada Aloísia, dizia que o coração é movido a fracasso. "Cada vez que o sol surge, o amor troca de calçada. E a sombra da fé nos atinge como um soco mudo na aorta." Era uma poeta, a tua vó. Tu vem de uma família de artista. Teu pai era um artista, compreendes? Eu não sei qual fantasia luminosa fez ele decidir pelo fim, nem me importa. O fato é que ele nunca foi um soldado da morte. Foi coisa de momento. Não tome o todo pelo fim. A gente faz muita coisa na vida e se arrepende depois. Daí a dívida, a briga, a inticação. Eu mesmo já raspei, à navalha, as costas do gato da família – alegando ter sido Lúcifer – somente para come-

çar outra vez, por outro lado. O problema da morte é que não tem arrependimento depois, mas isso não significa que tenha sido de caso pensado. Nem coisa de política, convicção ideológica, essas merdas. Fica tranquilo. Não guarda mágoa do teu pai, cara. Isso não vai fazer bem. Olha pra frente e segue tua vida, guri.

21 Skyline

Newark tem muita gente de cor. Parece a Bahia.

Conheço a Bahia. Morei em Feira de Santana. Dois meses. Fui ajudar meu irmão a levantar a casa dele por lá. Virei muita argamassa na vida. Sempre pra ajudar, não por profissão. Não sou pedreiro. Sou autônomo. Importação e exportação, conserto de eletrônicos, essas coisas. Eu me viro, meu. Minha mãe é de Alagoas e meu pai é de Lajeado. Eu nasci mais pro lado dele, bem branquinho. Mas tem gente ignorante que acha que eu sou preto. Passei um tempo no Bronx e os brasileiros sabiam que eu era branco, mas os americanos dali, mais pobrinhos, sem estudo e tal, não conseguiam ver a diferença entre branco, negro e moreno. Nisso o brasileiro é bem melhor. Ele atina mais. Uma pessoa como eu, assim mente aberta, não se importa com essas coisas, o que importa é o que a pessoa é por dentro. Por isso, não me zangava, não. Toda hora os caras me tirando para irmão deles. Tive até que sair de lá pra não ter problemas futuros com a polícia. É aquela história: diga-me com quem andas, né?

Agora que tô em Jersey, a coisa mudou bastante. Todo mundo sabe meu nome aqui. Todo mundo me respeita. Vivo na parte boa. A outra é bem perigosa. Lá, em North Newark, os caras matam direto em plena rua. Tu pega o carro e sai andando e dá

pra sentir o risco. É mano te enquadrando no olhar pra cá; é neguinho te apontando o dedo pra lá. Uma vez, tive que levar um celular pra uma moça que morava num dos *projects*. Quando ela abriu a porta, fiquei pensando como ela fazia pra morar ali, tudo zoado, só gente noiada. E ela tinha dois filhinhos, as crianças bem direitinhas, banho tomado e tudo. Não sei se era casada, mas fiquei pensando no perigo daquele lugar. Alguém podia estuprar ela ou coisa pior. Tá louco. Aquilo ali ficou na minha cabeça me incomodando. De um tempo pra cá, quando eu vejo alguém precisando de ajuda, acaba me acionando tipo um *flash* do que me aconteceu lá no passado, quando me apaixonei por um mexicano que virou minha cabeça e me fez pensar seriamente em pular daquela ponte. Eu me lembro de ter perguntado a alguém que passava o nome do rio, porque eu queria saber onde eu tava pulando, eu queria saber o nome do lugar onde eu ia morrer, e alguém me falou que era Passaic. E eu não entendi. Então pedi que repetissem. E repetiram. E eu continuei sem entender. E todos riram. E eu ri junto, só que de vergonha. E a moça me falou do amor de Jesus e de uma tal Jasmine Mans, cujos livros salvavam vidas. E eu não pulei. E saí pra ir morar num *hostel* de Union City na manhã seguinte. Ficava contando a grana, mentindo que tava tudo bem, que o Raul tinha sido um *gentleman*, que continuávamos amigos, que foi tudo limpo, que não teve traição nem nada. E, se perguntavam do dinheiro que eu tinha juntado, eu mentia que ainda tinha 4 mil guardados, mas eu só tinha 610, porque ele havia levado tudo. E chutado a minha barriga. E deixado um molar meu bem mole. E quebrado meus cartões de crédito. E enfiado o controle remoto da TV em mim, tão fundo que eu desmaiei como se tivesse morrido.

Ele nunca mais me procurou. E eu nunca mais pus os pés no Bronx. Passei por casa de caridade, por sofá de puta velha e por ateliê de traficante disfarçado de gênio incompreendido, até que acabei achando uma senhora, em Elisabeth, que tinha perdido o filho no Iraque e que queria alugar o quarto por 400 dólares.

No começo, fiquei feliz. Já tinha acertado dois trabalhos: um em um restaurante em Downtown e o outro consertando eletrônicos na Ferry. Ia dar direitinho. Era perto. A conta fechava. Quando cheguei pra ver o lugar, tinha um montão de flor na entrada. Lindíssimo. A pessoa subia um andar, o outro, tudo encerado. Casa limpinha. O quarto era no terceiro piso. Tinha banheiro. A única coisa estranha era que no chão tinha vários pedaços de barbante. Havia uma banheira azul, muito limpa, mas os barbantes me incomodavam.

Ela me disse que não eram barbantes, não. Eram rabos de rato. Ela explicou que prendia os bichos na ratoeira, depois cortava os rabos para que aprendessem a lição e não voltassem mais a invadir a casa. Prendia, mutilava e soltava. Disse a ela que eu tinha vindo pros Estados Unidos para ter uma boa vida. Que via vídeo de gente enchendo o tanque com dois, três contos e ficava louco, sonhando com a América. Enrolei um pouco e fui embora, prometendo ligar no dia seguinte. Essas senhoras mais velhas são tudo doida. Ninguém quer ficar perto de gente doida. De ruim, já basta a vida. Dei perdido total.

Achei outro lugar e hoje minha rotina é outra. Moro numa pensão com sete brasileiras. Não arrumo problema. Quando me convidam pra ir na casa de alguém, eu vou. Quando estão assistindo Record Internacional, eu assisto Record Internacional. Quando querem trocar para a Globo Internacional, não ofereço resistência.

Quando não tem televisão nas casas, digo que não assisto TV. No 4 de Julho, vou nos churrascos da nossa gente e como carne do Seabra's. Levo brigadeiro e ouço música de sofrência. Se alguém de fora aparece, a gente dá a real, até pra pessoa não se iludir. É tudo bem organizado na minha vida agora.

Ontem, a prima de um conhecido nosso me disse que o irmão dela tá chegando e que vai ser nosso vizinho a partir de setembro. Ele é modelo e sonha em participar de musicais na Broadway.

Por alguma razão, não consegui entender ainda qual, fiquei pensando nos ratos sem rabo que viviam no porão daquela senhora. E desejei ser um deles.

22 O amor

"Ela me perguntou se era a primeira. Eu disse que era. Ela perguntou se eu não sentia vergonha dos outros meninos. Eu disse que sentia. Ela me perguntou se eu ia voltar outras vezes. Eu disse que voltaria. Então, ela subiu em mim com todo o peso daquela mulher, com um perfume bem estranho de chá de fruta podre. Daí, ela ficou pulando e dizendo que me amava. Foi mó massa."

"Ela era negra?"

"Não. Por quê?"

"Só responde à minha pergunta, Gustavo. Ela era negra, meu filho?"

"Não, pai. Era bem branca."

"Tem certeza?"

"Tenho, ué."

"Não mente pra mim."

"Não tô mentindo."

"Então, me diz a verdade: ela era negra, né? Fala, porqueira."

"Não era! Que coisa. Parece doido, pô."

O velho saiu à procura de algo. E, quando finalmente encontrou, não pôde mais retornar.

23

Solzinho

Durou pouco aquele amor.

Ele entrou no chuveiro de calça e tênis, com o cão no colo. A água mutilava o viço que o vento e a rotina tinham emprestado àqueles dois em dias melhores, dias de setembro. Já era fevereiro agora.

Embora fosse muito difícil dizer sem dor quem era o dono e quem era o cão, onde um terminava e outro começava, onde a anatomia do mamífero do polegar opositor inicia e onde cessa a do quadrúpede, eu podia jurar que o cão usava um All Star amarelo, cano alto. E que o dono tinha Cushing.

Do tumor no canto da boca saía uma substância cinza e malcheirosa. E o homem pensou que talvez lavando o local – lavando bem o tumor –, lavando o tumor de um jeito que ninguém jamais lavou coisa alguma, ele pudesse devolver ao cão o impacto de sempre, as subidas dos degraus, os latidos nervosos em frente aos pratos de comida, a sempre inconveniência de cruzar as pernas dele sem aviso, provocando o tropeço e uma vez a queda.

Mas durou pouco aquele amor.

Quando saíram, ele tentou secar cada um dos dois mil e quatro gramas de pelo e cartilagem que trazia no braço direito, mas, cada vez que passava a toalha cinza, a água vinha maior, como uma enxurrada bruta que leva casas, homens e leões. Nos últimos dias, por

causa da doença, redobrara os cuidados com a higiene do animal, mas a certeza da morte deu ao bicho certos direitos que obrigaram o homem a reduzir os cuidados com sua própria higiene. Era com goles da vida dele que alimentava o cão. Quanto menos respirasse, mais ar sobraria pro cachorro. Era assim que pensava, porque é assim que pensam os que amam aquilo que vai morrer. Ele passou a espremer chuchu no mesmo prato em que comia. E sua água mineral São Lourenço, comprada a tantas penas, cartão no rotativo, Pão de Açúcar lotado da Consolação em pleno sábado (porque, durante a semana, é sempre um horror e esse negócio de comprar sabão em pó por delivery não é pra mim), passou a ser também a água do cão. Porque o cloro da água de torneira – ele ouviu uma vez em um programa de TV – aumenta a concentração de cálcio, o que pode gerar tumores. Tudo o que ouvia ele tentava, porque tentar era sua única religião. À noite, a mão esquerda acariciava o cão até dormir. No miolo da madrugada, despertava com uivos curtos e retomava o carinho até que os dois dormissem por vinte ou trinta minutos. E acordassem novamente no mesmo ciclo de morte.

Mas na sexta foi diferente. O dono dormiu macio. E, quando finalmente acordou, o sol que seca todas as coisas já estava a secar o corpo do Yorkshire, dezesseis anos, língua curta para fora, doce como o vento de abril. E eu acho que, depois disso, o homem o enterrou dignamente, usando ataduras idênticas às que colocaram em sua perna quando ele tinha oito anos e havia quebrado a tíbia. Isso sou eu falando, né? Não sei ao certo os detalhes, porque, depois disso, ele não me contou mais nada sobre o que acontece lá dentro. De vez em quando, uma fresta se abre e a gente consegue ver as mensagens grafitadas dentro da cabeça dele: "Durou pouco aquele amor", dizem elas.

E ele volta para o banho com seu cachorro.

24 Militar

Quando o Santo apareceu, sem o rim esquerdo, com o baço perfurado, quatro vértebras quebradas e a artéria femural rompida, a multidão indagou firme:

"O que você pode fazer por nossa gente, Santo?"

Santo deu dois passos para trás e caiu no chão.

Uma mulher fez menção de ajudá-lo a se levantar, mas foi logo advertida de que ali, deitado na terra fofa, Santo seria a semente que daria muitos outros frutos. E, sendo ele a comida de todos, não poderia salvar-se.

Ademais, não faria sentido lamentar sua passagem, porque sua vida corria em nossa vida, agora. E seu espírito sorria dentro de nosso espírito. Da memória de seu corpo rompido nasceria, portanto, o novo tempo. E, nele, a glória. E, nele, a beleza, folheada a ouro.

Bem, ocorre que, do Santo mesmo, sobraram dois coletivos de estudantes, duzentos e vinte e sete camisetas, quatro saraus, setenta e oito mil trezentas e duas menções no Google... e um imenso amontado de bosta endurecida, que meus pais chamam de legado.

25 Spread

Caio Remanso Vieira tinha quarenta e sete anos e 64 reais espalhados pelo Itaú, Santander e Bradesco. Eram contas que ele fez para ter acesso a empréstimos que o ajudariam a pagar empréstimos que ele não devia ter feito. O primeiro foi para comprar um Ford Fiesta preto, em 1996. O segundo foi para o *stent* do pai, em 1999. O terceiro foi para pagar a lua de mel em Trancoso, em 2001. O quarto foi logo depois do divórcio, porque os amigos insistiram: “Cancun – *All inclusive*, Sérgio. Cê vai pirar. Vai esquecer a Amanda em dois *shots* de tequila”.

Precisava de muito dinheiro, porque nunca soube viver sem dinheiro. E vivia endividado porque é muito caro ser pobre.

*****

Nunca se saiu bem no futebol.

*****

Escreveu uma carta para Paulo Santana, aos nove anos, perguntando se um gremista poderia admirar o Ademir Maria, mas, antes de chegar aos Correios, foi acometido por um acesso de raiva. Rasgou a carta e voltou para casa chorando.

*****

No verão de 1990, decidiu ser piloto de caça, depois de andar no Enterprise, brinquedo instalado no Parque Real Brasil Novo.

*****

No domingo em que o Brasil foi eliminado da Copa do Mundo da Itália, ele comprou uma fita K-7 pirata, contendo a trilha sonora da novela *Mico Preto*, e uma carteira Pakalolo.

*****

Em 1993, pediu para comemorar o aniversário de treze anos na Chuca, mas recebeu uma negativa ruidosa: "Isso tá fora de questão. Até os dezoito anos, eu tinha comido em restaurante duas vezes na vida: a primeira no batizado do teu tio, com a minha mãe, na Leão. E a segunda foi com a Brenda, um filé com fritas lá no Bate Coração. Essas coisas são uma vez na vida e outra na morte. Tu acha que a gente é rico? Aqui é tudo caro. Mas, bom, pra tu não ficar assim amolado, posso te fazer um bauru. Tu queis um bauru?"

*****

Tentou a música: pagode primeiro, rap depois. Não empolgava.

*****

Para viabilizar os planos de sair de casa, fez um curso no Senac (Introdução à microinformática) e outro na Data Control (Dominando o sistema operacional curiosamente chamado de DOS).

*****

Nunca teve catapora.

*****

Operou a vesícula no Beneficência Portuguesa. E achou que as pedras pareciam flocos de arroz cobertos com chocolate.

*****

Foi picado por uma abelha no primeiro de janeiro de 1999, enquanto se dirigia à posse de Olívio Dutra.

*****

Mudou-se para Porto Alegre em 2000; para Brasília em 2003; e para São Paulo em 2012.

*****

Quando virava o mês, o salário já tinha perdido a parte grossa, consignado que estava. Sobravam 712 reais. Ele pagava a Eletropaulo. Ele pagava a Comgás. Ele comprava seis *long necks* de Malzbier, para a mãe, no minimercado da esquina de casa. E, se o pagamento saísse numa sexta, ele parava em uma padoca perto do trabalho para tomar três caipiras. Ficava em pé enquanto comia uma porção de coxinhas de frango com catupiry.

*****

Olhava as mulheres. Houve um tempo em que as mulheres olhavam para ele. Agora, ele olhava as mulheres. Não fossem os aplicativos, não teria nenhuma chance. Começou marcando uma área de 30 quilômetros. Passou para 50 quilômetros. Ano passado, conheceu uma bancária que morava em Pirassununga. Tomaram um café. Ela falou do filho adolescente. Ele falou dos juros absurdos. Ela disse que os liberais rentistas vão destruir o país. Foram para um motel. Enquanto ela tomava banho, ele procurava algo na televisão. Nua, de cabelos molhados e olhos vermelhos, ela soltou:

"O ralo tá entupido. Bem ruim". Ele sugeriu chamar a recepção. Ela disse que tava tudo bem, porque o banho já tinha terminado. Ele a deixou na casa de uma amiga. No dia seguinte, ligou. Sete chamadas perdidas. Mandou uma mensagem. E, depois, ligou novamente. E passaram-se três dias. E passaram-se oito dias. E passaram-se doze dias. Três chamadas perdidas. Quando ela, dezessete dias depois do encontro, finalmente respondeu, a coisa tinha esfriado. Durante um tempo, ele continuou dizendo a si mesmo que não dava a mínima, que "o importante na vida é a realização profissional e a saúde financeira do indivíduo. O resto é consequência". Mas o sal das rotinas corroeu-lhe as fantasias. E, hoje em dia, na vitrine que ostenta nossos sonhos, há um homem capaz de desentupir todos os ralos do mundo com a ponta dos dedos e lavar o corpo de todas as mulheres com rosas vermelhas e mel de eucalipto, usando apenas a língua e um pouco de saliva. Mas essa é, talvez, uma imagem cara demais para ele.

*****

Foi vizinho do Dr. Nereu.

26

O pai na forca

"Não tem igreja de isopor que possa me dar agora o que Deus já me tirou, mãe. Não sobrou mais nada. Eu tô aqui parado, na tua frente, totalmente vazio. Tô sem nada dentro. Nada mesmo. Ó: sou um saco de vento. Não que eu fosse alguma coisa antes, né? Sou, tipo assim, uma projeção, um mijo cinza numa parede sem reboco. Com o tempo, eu sumo. Humm, deixa eu contar, o Rodi tava por aqui hoje. Perdeu a mãe, também. A senhora chegou a conhecer a Dona Marília, né? Aquela que fazia empada de frango com palmito... Jesus amado, eu era doido naquela empada. Bom, faleceu, né? Quando ele me disse, fiquei assim um tempão meio que olhando pra ele e tentando entender o que ele tava querendo me dizer nas entrelinhas. Sim, porque tem que ter uma coisa por trás de tudo isso, não é possível, caramba, o sujeito dizer que me amava, que ia morrer por mim e tal, dar perdido e depois reaparecer, tipo a Margarida sumida, pra falar que a mãe tinha morrido. O que é isso? Parece que bebe. Vou te contar, hein, mãe... que dedo podre a vida me deu. Ganhei do mundo uma lâmpada quebrada, uma casca de ovo rompida. Era amor e tudo, mas eu perdi. A gente faz o que pode, como pode e quando pode. E eu não posso. Agora, também, que se dane. Que me deixe fazer a minha festa sozinho. Não me importo com a cor dos vestidos dos outros. Não

devo nada pra ninguém. Não vou morrer em banheiro abafado, nem pegar carona em câmara frigorífica. Não. Se tem que morrer, eu morro, mas vai ser do meu jeito. Tinha um bolero. Do seu tempo, mãe. Lará lam larâm laráaaa. Não. Laaam lará laraam, daí entrava o cantor: 'Meu amor, tu bem sabes, tu és rameira...sou um homem de classe, és pouca coisa, tu sabes... a verdade dói bem mais em ti'. Eu nunca soube se era Celestino, Caldas ou Nelson Gonçalves. Tu lembra que a vó adorava essas músicas de dor de cotovelo? Coitada dela. Morreu só um cotoco na cama. Sabe que eu gostava de pensar naquela coisa toda que envolveu a doença dela? Que o açúcar tinha comido ela todinha. Primeiro as pernas, depois os bracinhos. Até que aquela doçura toda comeu o coração doce dela. Que lindo jeito de morrer. Dona Balbina... Ai, o passado da gente machuca feito um cisto no ovário. Melhor nem pensar nisso. Ando bem melhor agora. Decidida. Forte. Firme. É verdade que eu sofro. Vivo de pílulas e de favor. E, pra qualquer lugar que vou, me dizem assim: 'Isso tudo vai acabar'. E o pior é que eles têm razão: vai mesmo. Mas vai acabar com champanhe. Vai acabar lá em cima, ó. Por enquanto, eu tô aqui. Por baixo. Queria ter sido feliz. Sabe que eu nunca fui feliz? Mesmo quando eu tava com o Estêvão. Nem no tempo daquela casa azul da Vila Mariana, ali na Pelotas, tu lembra? Ai, que jardim. Girassol, roseira. Aquilo é que era casa de verdade. Que tempo bom foi aquele. A gente chegando aqui. Eita, pauliceia... tanto amor de quem não te conhece... Tá uma dureza tão grande por aqui. Tudo caro. Tudo longe. Fico fazendo esses shows, mas do que isso vale? Ninguém nunca se importa com cultura nesse país, não, mãe. Cultura de alternativo, então, rá. A coisa fica assim: se tem *sugar daddy*, tu aparece na TV, em página de jornal, falam do teu espetáculo. Não tem? Morre! É,

te juro. É bem assim. A gente vale menos que um cachorro, um pedaço de cocô seco no meio da rua. Essa gente é diferente de mim, mãe. Essa gente é que nem boi que admira o frigorífico. Se eu não fosse o filho da lavadeira, talvez eu fosse feliz. Hahahaha. Ai, poesia, mãe... pensa bem. Hahahaha. Só eu mesmo. Mas deu. Passou. É respirar e aceitar. Não tem outro céu. Eu quero um útero e uma bolsa Michael Kors pra guardar o meu medo da vida. E a retenção de líquido, menina? E a dor de falar na lata do *boy* magia que a gente tem esse carrapato no sangue? É de cortar anel de brilhante. Eu não. Não quero mais. Não é pra mim. Preciso me retirar. Sai do palco mais alto aquele que sabe a hora de sair. Engraçado, né, eu tinha tantos planos. Sempre achei que eu ia ser um sucesso. Milão, Vegas, Barcelona. Eu me imaginava nesses templos e achava que os outros não eram páreo pra mim. Não era despeito. Era ingenuidade, mesmo. Coisa de menino. Agora, meu peito brilha feito estrela. Tá em carne viva. A minha vida, mamãe, foi uma troça, um bagulho, uma selvageria. Não teve nada, nada, nada de sonho. Foi sempre lantejoula no lugar de luz; *strass* no lugar de diamante. A minha alma se quebrou sem grito. Eu nunca servia. Nunca boiava na água azul. Nunca reclamava de dor na coluna. Nunca pude fazer um filme sobre uma rainha francesa. Nunca fiquei em quarto de luxo. Meu jardim foi regado com azeite. Todo homem que eu quis queria que eu fosse mulher. O resto era cliente. E cliente não é gente. Deviam colocar isso na bandeira do Brasil. Cliente não é gente. Melhor que ordem e progresso. Bem melhor. Ordem e progresso é lema de posto de gasolina. Tudo bem que eu sou bem clichê. Reclamando pra mãe que morreu, deitando cantilena na frente da gaveta da velha, fofocando com os mortos. Cada um sabe de si. E, se estou dizendo o que estou dizendo, mãe, é que não posso

dizer outra coisa, embora ninguém me ouça e eu mesmo não saiba a serventia de um caminhão de palavras quando dos outros já não sobraram nem os tímpanos. Vai ver é dor, né? Só dor mesmo. Vai ver a gente fique menor com o passar dos anos. Menor mesmo. Li numa revista. A gente encolhe. E que anos foram esses, hein? Não tenho mais a mesa de centro amarela, linda, comprada em lojinha *indie* da Santa Cecília, que a senhora amava dizer que era um ovo estrelado. Já não tomo sol na frente de casa, esperando um amante argelino. Já não me enfeito com véu de palha. Não amo as varandas. Não tenho mais brios. Nem poros faciais bem fechadinhos. Dia desses, o Luiz me falou que eu preciso reagir. Eu disse pra ele que eu reajo. Eu reajo feito algodão no mar. Ele riu. Ele sempre ri. E depois sai. Cabem dois aí dentro, mãe?"

Sobre o autor

Luiz Mauricio Azevedo da Silva, é um escritor, editor, tradutor e crítico literário afro-brasileiro nascido em 1980.

Formado em Letras, estagiou na Universidade Rutgers, de New Jersey (EUA). Fez mestrado em Comunicação e doutorado em Teoria e História Literária. Seu pós-doutorado em Literatura Brasileira foi completado na Universidade Federal do Rio Grande do Sul (UFRGS), onde atua como professor convidado. Também desenvolve pesquisas na Universidade de São Paulo (USP). Seus interesses como acadêmico se dirigem aos seguinte campos: história, crítica e teoria literária; literatura negra, ideologias da cor e racismo, assim como poéticas afro-brasileiras e afro-americanas.

Entre seus trabalhos ensaísticos estão: *Estética e raça: Ensaios sobre literatura negra* e *A sociedade da cor: Brasil, país da igualdade racial?* Este volume de contos, *Baldeação*, assemelha-se a *O quarto de Judas*, sobre o qual o jornalista Felipe Minor escreveu: "Numa combinação de ritmo cinematográfico e ironia, Mauricio Azevedo escreve como quem saboreia inimigos. É isso o que o autor faz, com o dinamismo de cortes de câmera num *set* de filmagem. É a escrita do fim das utopias, mas é, sobretudo, a escrita do fim de qualquer compromisso com elas".

Também autor de poemas, crônicas, novelas e romances, ele publica livros, junto com Fernanda Bastos, na Editora Figura de Linguagem, sediada em Porto Alegre. Tem obras publicadas em inglês (*Digital Mammals*, 2015) e em francês (*Le musée*, 2014). Em 2022, seu livro *Por uma literatura menos ordinária* venceu, na

categoria crônicas, o Prêmio Açorianos, outorgado aos melhores do ano em música, teatro, dança, literatura e artes plásticas pela Prefeitura de Porto Alegre. A premiação é considerada a mais importante do Rio Grande do Sul na área cultural.

Contato

Instagram: @luizmauricioazevedo

Direção editorial
Mirian Paglia Costa

Direção de infantojuvenis
Helena Maria Alves

Coordenação editorial
Maria Ângela Silveira de Souza

Preparação & Revisão
Pagliacosta Editorial

Capa
Angelo Abu

Projeto gráfico & Diagramação
Juliana Dischke

Impresso no Brasil
Printed in Brazil

Formato – 14 X 21 cm
Mancha – 10,3 X 16 cm
Tipologia – Stenciletta e Minion
Páginas – 80